KB080299

큰 소망의 길로

박성준 시집

큰 소망의 길로

초판 1쇄 인쇄일 2018년 8월 25일
초판 1쇄 발행일 2018년 9월 1일

지은이 박성준
펴낸이 양옥매
디자인 임홍순
교 정 조준경

펴낸곳 도서출판 책과나무
출판등록 제2012-000376
주소 서울특별시 마포구 방울내로 79 이노빌딩 302호
대표전화 02.372.1537 **팩스** 02.372.1538
이메일 booknamu2007@naver.com
홈페이지 www.booknamu.com
ISBN 979-11-5776-612-3(03810)

이 도서의 국립중앙도서관 출판시도서목록(CIP)은 서지정보유통지원 시스템
홈페이지(http://seoji.nl.go.kr)와 국가자료공동목록시스템
(http://www.nl.go.kr/kolisnet)에서 이용하실 수 있습니다.
(CIP제어번호 : CIP2018026730)

큰 소망의 길로

— 박성준 시집

책나무

마음과 정성을 다했습니다.
어느 때보다 깊은 집념을 두었습니다.
독서하는 이들이 줄어든 세상이라 아픔이 돋습니다.
다만, 읽는 이들은 감동을 느낄 수 있으리라 믿고
순수하고 맑고 밝은 감성이 느껴지길 바랍니다.
지혜와 명철이 돋고 기쁨이 넘치길 빕니다.
새로운 느낌과 깨달음과 감동으로 새 길 가면 싶습니다.
시편 중 옳고 바른 시 있으면 아는 이들에게도 알림을 두고
밝고 귀한 삶 되길 빕니다.

2018년 9월
박성준

| 목 차 |

창을 열며 5

4 _
느낌과
깨달음을
위하여

관심과 배려와 기쁨과 정을 두고

늘 밝은 길 가도록 살고 싶다.

안으로 존중하고 기뻐하고 희생 봉사하면서,

정성을 다하고 마음을 다한 새 길을 가고 싶다.

실수하고 잘못된 일도 감싸며,

아끼고 돕는 길 가면 싶다.

서로 만난 인연은 값진 길이다.

사랑으로 가득 찬 희망과 기쁨을 두고

"그대가 있음으로" 시를 품은 정신으로 길 가야겠다.

* 시「그대가 있음으로」는 유명해진 나의 시임.
  첫 시집에 있는 시며 101가지 사랑 시에 실려 알려졌음.
  젊은 분들의 사랑 고백과 결혼 시에도 낭송되고
  한 음식점과 한 관심 둔 이가 삶의 터에 두기 위해 연락한 시임

1

사랑의
길

순수한 마음의 향기를

삶 속, 외진 열성이
문밖에 스칠 쓸쓸함일지라도
시 한 편으로
눈시울 적시는 감동을 열고 싶다.

깨끗함과 맑음으로
마음에 반짝일 영롱함 되게
귀한 길을 열고 싶다.

복된 정성으로 그댈 깨우고
순수한 마음의 향기가
끝내 울렁임으로 타는 기쁨이 되도록
밤새 큰맘을 열고 싶다.

볼수록 황홀한 시 한 편이
감동으로 흐르는 기쁨이듯이
큰길을 열고
있는 그대로의 날 펴 보이고 싶다.

행복한 가정

기쁨이 별 돋는
애절한 정에 젖어들어
포근한 마음을 열고 싶다.

서로를 아껴 동트는
그 맘으로 기쁘게 살고 싶다.

언행이 다정한 지혜로운 삶으로
섬세한 배려를 두고
현명하고 사려 깊은 개념과 진실로
늘 웃음꽃을 피우고 싶다.

복된 가정은 정 둔 서로를 품어
늘 편한 길 가기 위해서
진한 창조와 개척의 길을 간다.
늘 맑은 생의 기운이 넘친다.

멋진 사람아

사랑하는 귀한 사람아
밝고 환한
그대가 온 덕분에
난 하루내 눈부시기만 하다.

그댈 둠에 기쁨이 돋고
함께 있기만 해도 가슴 울렁이며
순수한 반응이
가슴 뛰는 기쁨을 열게 한다.

마음 당기는 사람아
진한 관심과 세심한 배려가 예쁜 넌
새로운 발전을 꾀하며
하늘에 소망 둠이 아름답다.

너와 함께하는 기쁨에 눈부심 있어
아롱다롱 들뜨는
평안과 행복
희망찬 나날이 별 되면 좋겠다.

배필과 함께

마음과 정신과 특성을 살펴
큰맘과 지혜를 높여
하나님의 인도함을 따르면
믿음과 동튼 삶이 놀랍게 드러난다.

사람이 행할지라도
살피시는 하나님께
순종과 사랑이 어울린 삶으로
의무와 책임이 늘 바르게 연합되면 싶다.

삶의 길은 오직 하나!
갈수록 살펴 정이 두터워지는
깨끗한 정신 지녀
서로를 위한 참된 이가 돼야 한다.

정절과 애정으로
사소한 일도 감사하고 감싸며
관심과 배려로 돕고
큰 영적 기쁨이 넘쳐야 한다.

돕는 배필

서로 돕는 배필은
선하고 곱고 깨끗한
정성을 둘 때가 가장 아름답다.

산 들 바다를 살펴보듯
깨끗함이 오는 건
그대의 마음이요 깨달음이다.

자신을 깊이 살펴 깨우고
맘과 눈과 귀를 열어
작은 것도 곱게 품는 지혜 두면 싶다.

돕는 배필은
서로의 맘에 태양과 별을 높인다.
내 자신을 위해서
끝 날이 오늘인 듯 삶이 중요하다.

밝은 사랑을 위하여

배려와 정성을 둔 사랑은
즐겁게 마음 여는
기쁨으로 뜨겁게 박수를 친다.
순수 사랑으로 그대를 품고 싶다.

사랑으로 그댈 감싸고
힘겹고 아프고 슬픈 말이 드러나도
하하 웃으며 감싸
맑디맑은 순정만 지니련다.

늘 품고 사랑하려면
잘못된 생각도 감싸야 하며
그댈 위해
어떤 실수나 잘못도 품어야 한다.

꿈꾸는 일들이
밝고 선명한 삶을 열도록
곱게 마음 두고
소박하고 예쁜 사랑을 두고 싶다.

변화를 위하여

옆지기의 실수는 꼭 잡아 품고
사랑 어린 마음으로
고단하고 힘든 피로가 깨끗이 씻기도록
다정히 살고 싶다.

인생은 나그네 길
지지고 볶고 괴롭게 싸우기보다
하나님 안에 소망 두고
욕심을 버리고 맘 편히 살고 싶다.

인생의 동반자는 얼마나 귀한가.
웃음의 길 열고
구김 없이 넉넉함을 지닌 생으로
정과 따뜻함이 넘치면 싶다.

멋진 길 열리도록
늘 다정히 관심을 두자!
선하고 맑고 깨끗함으로
언제나 웃으며 가는 소풍길이고 싶다.

사랑은 끝없다

주고받는 진실한 사랑은 끝없다.
마냥 순수하고
정신이 맑아 깨끗한
청정한 자연 같이 사랑하리라.

깨끗하게 전한 감성에
대화가 편한 그 마음이면 싶다.
얽매어 추하고 아픈
속 좁은 추태는 버려야겠다.

정하고 선한 마음으로
미움도 허심도 없는
성실하고 편하게 사는 길 가면 싶다.

하하- 웃음이 돋는
하나님을 닮은 사랑은 끝없다.
깨어 있어
맑고 선한 사랑은 참 아름다우리라.

그대를 아끼고 싶다

그대를 아끼고 싶다.
슬기롭고 지혜로운
마음이 신실한 그댈 돕고 싶다.

잘못된 생각의 틀은 바뀌도록 힘쓰고
하나씩 불을 켜고
투혼과 강한 의지로 그대를 아끼고
행복을 누리고 싶다.

상쾌하고 시원한 맘으로
어떤 실수나 잘못도 다 품어
오직 사랑함으로
크고 환한 정성으로 살고 싶다.

사람의 삶은 맘먹기에 달렸다.
선한 그대와
젊은 날의 벗인 양
순결한 마음으로 맑게 살고 싶다.

사랑과 행복을 두고

늘 깨어 있어
화사한 생에 빠져들게-
원하고 뜻하는 참된 길 가도록
공부하고 독서하며 지혜를 높이리라.

성실함과 깨끗함을 꽃피워
고운 햇살이 돋게
어제나 오늘이나
사랑하는 복된 길 가고 싶다.

언제나 밝은 길 가도록
기도하고 회개하며
하나님만 의지하는 삶이고 싶다.

일상에 돋는 정에 풍성함을 놓고
흡족히 웃는
연륜이 크게 쌓일수록
행복한 생활로 밝은 길 열고 싶다.

그런 삶이면 족하다

마음에 곱게 둔 정성과
맑고 깨끗함 둔
욕심 없는 귀한 사랑이면 족하다.
그 삶이면 족하다.

흥허물 없이 어우러진 정성으로
거짓 없이 진솔하고
맑고 시원함으로
언제나 맑고 깨끗한 길 가면 싶다.

서로 간편하고 즐거운 삶 되고
관심과 배려
지혜로운 삶이면 좋겠다.
기쁨과 힘 돋우는 믿음으로 살고 싶다.

갈망의 길

세상의 잘못은 접어도
그대만은 결코 접고 지울 수 없음에
값지게 그대를 품고
무엇이나 사랑으로 누리고 싶다.

인연의 깊은 곳에
한 소망을 두고 그댈 품어
언제나 맑고 환한 길 가면 싶다.

서로 통함은
쉽고도 즐거운 일이다.
그 길 가도록 품고
진실하고 깨끗토록 힘쓰련다.

일상이 능하지 않아도
사람의 생각에 따라 다름을 알고
내 맘은 부족함이요
그대의 맘은 귀한 것임을 인정하련다.

사랑하는 사람아

잘못된 생각은 버리려 힘쓰고
즐겁고 행복함만
그대 삶에 가득 채워 드리고 싶어요!
기쁨이 넘치게 살고 싶어요.

그대를 바라보면
울렁임이 돋는 정이 많아
더 순수하고 선한 길 가면 싶다.

그대에겐 깨끗하고 맑고 진실하게
섬세한 맘 두고
난 채워 부끄럽지 않도록
최선을 다한 정성을 두고 싶다.

같이 사는 사랑하는 그대여!
맑고 환한 정신으로
청정한 마음 속 기쁨을 열어서
크고 넓은 믿음으로 하늘길 가게 하소서.

세상엔 영원함이 없다, 웃자

힘든 현실은 조이고
꽃이요 별이요 바다 이듯
특별한 맘으로
주 안에서 가족을 밝게 사랑하련다.

속히 변화될
밝고 맑은 성을 그리며 우린
하나님께 가면 그뿐!

힘겨워도 풀 죽지 않던
열심이 활짝 열려 기쁨이 넘친다.
내 삶이 아파도
언제나 기쁨이 돋도록 성실하면 싶다.

그대가 어떤 삶을 살아도
난 그대를 사랑한다.
꽃인 듯, 별인 듯 노래인 듯
주 안에서 널 보며 기뻐하련다.

사랑의 길에서

곱게 마음을 연 이들이
"오빠, 가슴 연 만큼 하늘이 보일까"
예지와 반짝임 열어
고요한 숨결에 맑고 상쾌함이 왔다.

짜릿하고 달콤한 기쁨을 둔
밝은 마음 있어
서로의 기쁨을 깨울 길이 열린다.

깨끗하고 진실하게
서로 존경함을 표할 때마다
함께 성숙하며
너무도 소중한 인생이 열릴 길이다.

단점과 부끄러움도 안아 주는
귀한 마음 두고
따뜻하고 절실함을 깨워
진실하고 선한 사랑의 길을 연다.

큰 소망의 길로

마음을 다하여

"사랑해" 말하지 않아도
행함으로 알고
느낌으로 아는 것!
참된 벗들이 곁에 있어 행복했다.

늘 기쁨이 서려
우리의 대화는 즐겁고 행복했다.
언제나 꽃같이 고왔다.

서로, 고난과 아픔도 품고 이해하며
밝은 삶을 살며
늘 열정을 쏟고
감정과 정성과 마음을 다함은 행복하다.

맑고 상큼한 기운이 돋도록
깨달음과 애틋함을 열고
복된 길 가며
기쁨이 넘칠 하늘길 열면 좋겠다.

그대 곁에 서고 싶다

보채거나 괴롭히지 않고
"그래, 그래" 긍정을 둔
편한 언어로
순수함과 정을 가득 채우련다.

더욱 큰 생각이 피어올라
보기만 해도 행복한
사랑이기 마련인 그대 곁에 서고 싶다.

맘 가득 그대를 품으련다.
생각의 여백에 인생길을 새기고
난무한 생각을 초월한
편안함과 기쁨만 열리게 살련다.

선하고 맑고 깨끗한 마음으로
사랑하는 그댈 새겨
편안함이 많도록
흔치 않는 귀한 정을 두고 싶다.

좋은 사람들

힘들고 피곤함에― "오지 말라"
나를 감춰도
그들은 맘을 열어 먼 길을 왔다.

그들의 정은 축제의 길이다.
하늘땅 가까이 선
통하는 생각을 주며 기쁨을 누렸다.

인연의 줄로 이어 온
따뜻하고 포근한 정을 둔 이들
행복함을 드러내며
주거니 받거니 웃음이 함박 돋았다.

마음이 모두 한 맥으로 통했다.
참 좋은 인연이요
마음 고운 이들
그런 이들이 곁에 많아지면 싶다.

바른 사랑은

넓고 큰 생각을 둔 삶이면
빛나는 깨달음은
언제나 값지게 꽃으로 반짝인다.

밝은 눈 마냥
바르게 보는 관심에는
서로를 도와 반짝이는 기쁨이 있다.

배려와 정이 깊고
보고 또 보아도 선한
깨끗한 길은 끈질기게 복을 돋운다.

살아온 길을 살펴보면
신실한 사랑은 맑은 깨달음이다.
진실하고 깨끗한
늘 서로를 돕는 참된 길 가고 싶다.

그대를 알고서

"오라버니 같다"는
알싸하게 마음을 헤집던 이
순수 맑음인 양
그 말 한마디가 정을 품게 했다.

깊은 생각이 선함으로 열려
얼마나 크고 좋은지
난 배려와 관심을 두고
진실함과 선함을 쏟고 싶다.

크고 깊은 생각으로
정을 돋우고
기쁨을 열고 깨달음도 줄 땐
스스로를 느껴 새 힘도 열리리라.

마냥 기도하며
건강과 행복을 빌어
하나님이 돕도록 맘을 열고 싶다.
늘 밝은 길 가면 좋겠다.

* 내 교회 예수 사관학교 한 교인을 생각하며.

맘 문 열고

아름다운 사랑은
희생과 배려로
진실한 정성과 기쁨을 주는 일이다.

귀하고 고운 마음을 둔 길은
신실한 봉사와 지혜에
마음을 다함으로 오는 법.
깊은 떨림으로 선명함을 둔 길이다.

맘속 깊이 그댈 두고
바른 맘 열어
잘못이 보여도 아무 말 않으련다.

관심과 배려를 둔
정성과 진리로
그대가 항상 편안하고 기쁘도록
진정으로 마음 연 친한 사람이고 싶다.

사랑의 시편

새 순박함이 깨끗이 열려
홍조 핀 볼에서
벅차게 울렁임이 된
아름다운 눈부심을 열면 싶다.

그때부터 나는 섬이 되고
끝없이 열린
세상을 보고 꿈을 품어
사는 길은 만조의 별 밭이면 싶다.

순수함이 있어
해상과 감정의 은유로 밝은
깨끗한 기억들이 밝게 열리면 싶다.

달콤한 말 과정을 높여
사랑과 평안을 둔
향기를 발하는 길 가면 싶다.
많이 책 읽고 공부해 지혜롭고 싶다.

첫사랑이라는 것

곁에 스치기만 해도
맘이 열린 듯
생각만 해도 가슴 떨린
귀한 사람에게 정감이 돋았다.

가슴 터질 듯
순수함과 순결함이 짙던 날에
찬란하게 반짝이던
그댈 누가 예쁘다 하지 않으랴!

시간의 뜰에 앉아 겪는 하루가
창조와 개척과
깨끗함이 가득 찰 때면
성실한 기쁨을 노래하고 싶다.

다시 온몸 떨릴 기쁨과
값진 지혜로
가슴엔 고운 별들이 선히 돋고 있다.

사랑이 무엇이냐

믿음과 사랑이 없다면
삶은 얼마나
험하고 아프고 힘겨운 삶인가.
늘 날 살펴 그 길 열고 싶다.

오직 하나님만 믿고 의지하며
세상을 초월하여
잘못된 것은 벗어 버리고
죽든 살든 하나님께 꼭 안겨 있으리라.

고상함과 매력과 진리를 찾고
깨달음을 두어
마음을 다해 정성을 열고 싶다.

맡겨진 일에 성실하면서
항상 날마다
주신 재능과 은사를 밝혀
독서인께 바른 길 열고 싶다.

좋아하는 사람에게

끝없이 멀어진 관심은 부족함이다.
사랑은 언제나
미움 다툼 부정도 껴안고
웃고 품어 주는 마음에 있다.

풋풋한 싱그러움 두고
진실함에든 순박함을 열련다.
예수그리스도를 품고
맑고 깨끗한 성인도 더욱 사랑하련다.

가식적이지 않고 맑게 반짝이는
샘물의 터 같은
그대를 마음에 품고
편안한 정신으로 하늘을 보련다.

옳고 바른 생명의 길 가며
하나님만 알도록
기쁘고 바른 신실한 길 가고 싶다.
늘 깨어 있어 편안히 살련다.

귀한 그 만남

그 많은 인중 속에서 또렷이
순간에 툭 떠오른
참 별난 일이다.
하나님이 체험 주신 역사다.

우리의 만남은
하나님이 주신 길이요
길 연 사랑이었다.

하나님은 둘을 합치고 있었다.
"여기 자리 있어요?"
"자린 있는데 사람은 없어요."
다시 열차에 만나 대화하게 했다.

짝된 그대는
우리 인생에 하나뿐인
은쟁반에 고운 별!
특별하고 소중한 내 반쪽이었다.

진실한 사랑으로

서로를 이해하며
무엇이나 품어 주고 도우며
깨끗이 아끼며
돕고 희생하고 봉사함이 사랑이다.

조용히 꽃피울 지혜로
밝음과 기쁨이 넘치게 하고
통통 튀는 맥박의
따뜻함으로 서로를 살필 일이다.

결국은 내겐
사랑이 별과 꽃으로 와서
밝고 아름다운 기쁨이 넘친다.

우리가 함께 나누는 일들
그것은 정녕
하나님 뜻대로 이루어 감으로써
천국의 기쁨이 팔팔대겠다.

현재가 중요하다

늘 웃고 싶다.
후홋- 취한 듯 가볍게 웃으며
즐겁고 편안하게
그댈 위해 노래하고 싶다.

현재를 어떻게 사는가가 중요하다.
깨어 있어
새롭고 맑고 밝은 삶으로
오늘 현재를 값지게 살고 싶다.

잘못이나 허함이 있어도-
일이 둔할지라도
이해하고 감싸고 품어 주는
값지고 순수한 사랑은 꽃으로 핀다.

서로 잘못도 감싸고
사소한 어려움도 다 버려
품고 돕고 이해함이 중요하다.
늘 깨어 있어 바른 길 가면 좋겠다.

그 예쁜 인물

고단함까지도 밝게 지우는
선하고 발랄한 이여
생각이 얼마나 깊고 아름다운지!
힘과 기쁨이 돋는다.

하늘이 준 보배다!
늘 공부하며 지혜롭고 영리하며
자신의 삶을 값지게 누리는
그대는 참으로 깨어 있는 별과 같다.

진실하고 성실할 뿐만 아니라
끝없이 책 읽고 발전해 가는 이여
감동적인 인물이다.
참으로 귀한 인물이다.

자기 자신을 값지게 일구는
최상의 인물
내 맘에 동트는 대단한 인물이다.
난 그댈 진하게 사랑한다.

나는 그렇게 탄다

사랑하는 이들을 안에 둘수록
미쁘고 순결한 영혼에
넓고 큰 사랑 있어
환한 길이 열린다.

새롭고 맑은 맘을 두련다.
느낄수록 행복한
선하고 값진 길 되도록
기쁨이 넘치는 바른 삶 두고 싶다.

지금 진솔한 사랑이 나를 깨운다.
그대여 나는
진실한 정에 감동 둔 삶으로
느낌 큰 길 가고 싶다.

깨끗한 마음으로
그대를 느껴 아끼고 도우며
사랑하는 기쁨으로 편히 살련다.

하늘 오름을 위한

슬픔과 아픔의 근원을 깨달아
밝은 빛 가득한
따뜻한 삶을 살도록
편안함과 넉넉함을 지니면 싶다.

어둠을 깨워
그대에게 하늘이 쾌청하도록
송송 기쁨을 열고
평안함이 끝없기를 갈망한다.

속히 따뜻함이 넘쳐
선하고 맑고 깨끗함을 환히 열므로
하나님께 오름을 위한
신선함이 가득한 삶을 두면 싶다.

기쁨과 즐거움이 넘치도록
주야장천 흥겹도록
깨어 있어
밝고 환한 하늘길 가면 좋겠다.

인생의 길

통하는 마음과 뜻으로 합한
바른 생을 일구어
사랑의 꽃이 풍성한 가정을 돋우고
하하 웃으며 살자!

깨끗하고 고운 생각을 두고
하나님을 섬기며
늘 편히 웃고 찬양하리라.

보면 볼수록
하나님이 함께 계심으로
난 늘 밝고 환한 길을 꿈꾼다.

배움은 끝이 없다!
진정 맑고 진실한 삶에 젖어서
고난도 고통도 없는
환하고 밝은 하늘길을 가면 싶다.

결단을 두고

부끄럽지 않게 살고 싶다.
큰 지혜 주려
공부하고 기도하며
강하게 천성을 바라며 살련다.

끊임없이 질기게 꽃을 피우듯
성실하게 살며
넉넉한 평안을 누리고
강하고 담대한 인생길 가고 싶다.

흐리멍덩한 생각은 버리고
맑게 깨어 있어
선하고 바른 길 가며
언제나 희망 속에 천국을 두련다.

모든 추함은 다 벗고
세상일을 초월하여 밝게 살련다.
오직 하나님 바라며
신실하고 순결한 삶 살고 싶다.

무한한 기쁨

귀하고 지혜로운 길 가며
하나님만 따르는
총명한 삶을 살고 싶다.

하하하— 선한 이들과 함께 웃으며
"날마다 웃고 살자"
크고 고운 정신을 돋우련다.

웃으며 기쁨이 돋게
허함과 잘못도 품어 두고
이해하고 감쌀수록
환하고 밝은 길이 열린다.

하나님이 함께하심에
늘 새롭게 살며
언제나 복되고 아름다우며
지혜롭고 곱고 편안한 맘 두련다.

인생살이

서로 마음을 찢는
추하고 험한 감정을 둬선 안 된다.
밝고 깨끗함으로
편히 기쁨과 웃음을 둬야 한다.

언제나 깨어
자신을 낮춘 길은
끝없는 자기 성찰이요 다스림이다.

고통 근심 걱정을 다 버리고
그냥 편히 여기고
하늘에서 소풍을 온 듯
선하고 참된 나그네로 살아야겠다.

빈손으로 왔다가 빈손으로 가는
인간의 생을 알고
모든 잘못을 확고히 이겨
하나님만 믿고 즐겁게 살련다.

그대를 사랑함에 있어

일상을 품듯
말없이 편히 그댈 품으리라.
나를 알든 말든
바른 마음은 사랑에 족하리라.

사랑한다는 것은
편안하고 즐겁고 행복케 힘쓰는 것!
자랑과 권세나 돈은
욕심에 담긴 허한 것일 뿐이다.

세상 모든 것을 이기고 초월해
큰 생각과 지혜를 열어
이웃을 사랑함에
성경말씀 원리로 곱게 살고 싶다.

미움 다툼 화냄도 없이
믿음에 따라
하늘의 신령함을 사모한 맘으로
누굴 대함도 선하고 신실하면 싶다.

하나님을 의지함으로 감사하고
회개하고 바른 길 가련다.
하나님과 함께함으로 구원하심을 알고 깨달아
말씀과 뜻에 순종함으로 편히 살고 싶다.
오늘 하루는 곧 나의 일생이다.
늘 깨어 있어 하나님이 함께하심을 기뻐하련다.
하나님이 기뻐하시도록 바르게 살며
깨끗하고 맑고 선한 길 가도록 힘써야겠다.

2

믿음의
길
가며

소신 있는 삶으로

신실한 정신 두고
하나님 말씀과 뜻대로 행함으로
오직 진한 성실로
의지와 기쁨과 행복이 넘치면 싶다.

하나님 믿음의 길은
천국에 들 자를 찾는 검역기관이다.
말씀이 충만토록
성경 봉독, 기도, 회개하며 살자!

주님 뜻대로 살려 힘쓰며
개척과 창조의 터에
깨끗하고 선한 기쁨이 넘치면 싶다.

밝고 환한 길 열리도록
욕심과 근심 걱정을 버리고
오직 신실하게
기도하고 섬기며 바른 길 가야겠다.

한 꿈을 그리며

맑고 밝고 환한 하나님의
말씀과 뜻의 생각에 접어들어
추한 일상은 버리고
진한 간구에 하늘을 품고 싶다.

내 삶을 위하여
울고 버티는 아픔을 버리련다.
지독하게 엉킨
어둠과 추함을 빡빡 지우고 싶다.

소망의 꽃이 피면
하늘의 문이 열리고
기쁨이 넘칠 길만 열림을 믿고
확고한 믿음의 길 가련다.

끝내, 빛으로 올 그날을 두고
환히 밝게 열린
하나님의 박수갈채가 오게 힘쓰련다.
드릴 영광이 커지면 싶다.

하나님의 뜻대로 살아

세상에 열린 지식과 지혜를 배우고
하나님 아버지를 깨달아
깊이 경외함이 귀중한 것!
날 세세히 보고 듣고 생각도 아신다.

하나님을 섬기며
선하고 밝은 길 가도록
말씀과 뜻대로 살려 힘써야겠다.

온전한 믿음의 길을 갈수록
하늘 문이 열려
귀한 체험들도 옴으로
기쁨과 즐거움이 안에 넘친다.

천국에 이르는 날까지
하나님 뜻대로 살아
하늘가는 기쁨이 풍성하면 싶다.

삶을 위하여

언제나 하나님이 지키시길 바라며
감사하며 편히 살자.
내 삶은 하나님이 알고 계시니
진실하고 성실하게 살려 힘쓰련다.

체험과 생각이 깊고 큰 만큼
값진 길이 열리고
하나님의 뜻을 행함도
느끼고 깨닫는 만큼 기쁨이 넘친다.

이웃에게 피해 주거나 다툼 없이
날 깨우고 밝혀
모든 어둠을 초월한 하나님의 자녀로
복된 삶을 살고 싶다.

언젠가는 끝날 인생
선하고 맑고 깨끗한 길 가며
악함이 없도록
회개하고 감찰하며 하늘을 보련다.

하나님만 품고 살리라

오직 믿음의 길 가련다.
천국 갈 소망으로
하나님 보시기에 아름답게 힘쓰며
간절히 기도하며 살련다.

주께 이르도록
바르고 선한 삶을 살며
세상을 초월한 길을 두련다.

오늘 현재의 시간이 중요함에
내일은 밖에 두고
오직 현재를 음미하며
하나님 뜻대로 살려 힘쓰련다.

생은 소풍길이요 나그네길이니
믿음에 굳게 서서
근심 걱정, 염려도 없이
오직 하나님만 의지할 뿐이다.

별빛 기쁨을 품고

맑은 정성이 부한
값지게 꽃피는 길에 들어가
편안한 맘을 열고
하늘 우러르는 기쁨만 두고 싶다.

맑고 깨끗한 정신에
하늘만 바라며
청정한 지혜로 나를 돋우고 싶다.

영혼의 날갯짓으로
소망과 정성에 마음을 열고
주신 복을 누리며
선명하게 의의 길을 가고 싶다.

그 바램을 둔
설렘으로 살면서
순결하고 겸손하게
하늘의 사랑을 깊이 품고 싶다.

타는 갈망

타는 갈망을 둔
빛의 길이 늦게 열린다 해도
온전한 기쁨이 타올라
가슴 뒤흔들 광명이면 싶다.

세상일에 너무 빠지지 않고
하나님만 섬기며
마음이 온전하고 풍성토록
확고한 믿음의 길을 가고 싶다.

쨍한 울림과
반짝이는 느낌으로 오는
빛의 향연 속에 깊이 들고 싶다.

세상일에 빠져 울기보다
천성에 들일들
깊은 큰 신념을 두고
선하고 맑고 깨끗하게 살고만 싶다.

큰 소망의 길로

소박하고 편안한 맘으로
선함과 깨끗함을 두고
신실하고 맑은 하늘길을 열고 싶다.

가식 없이 솔직한
꾸밈없는 진실한 삶에 들어가
하나님 뜻에 들어가
세상을 초월한 복된 길 가려 힘쓰련다.

밝고 깨끗한 마음 두고
하나님이 기뻐하도록
순수하고 깨끗한 길 가려 힘쓰고 싶다.

오직 하나님만 의지하고
말씀과 뜻대로 살아
기쁨을 누리며
하나님이 기뻐할 참된 자녀 되면 싶다.

내 영혼의 꽃

영원무궁토록
아름다운 빛깔로 반짝이는
하나님 뜻에 날 두고 싶다.

모든 일이 다
주의 뜻 안에 있음을 알고
기쁨과 갈채가 될
놀랄 언행으로 인성을 높이고 싶다.

늘 평안한 곳에 잠잠히 살며
은혜가 풍성하신
하나님이 언제나 구원하실 길에 서면
오직 밝고 깨끗함만 넘치리라.

하나님은 밝게 역사하신다

하나님은 살아 역사하신다.
바른 정신을 둔 이는
진정 하나님의 도구되어
말씀대로 살아간다.

하나님과 가까운
신실한 이들은
하나님의 기쁨이 깊고도 넓다.

세상이 아무리
요란하고 허망하여도
초월한 삶 속에
오직 하나님만 의지하며 살련다.

깨끗하고 겸손토록 힘쓰며
순수하고 밝고 선하게 살며
기도하고 찬양하며
하나님만 따르는 고운 삶을 살련다.

지금 이대로

진실과 순수함이 풍성하도록
바른 정신 두고
이웃의 비난이 와도
신선한 맘으로 아끼고 감싸야 한다.

생이 더 아름다울 수 있도록
허상을 초월한 길에
아무것도 욕심 두지 않고
더욱 크고 깊은 깨달음을 두고 싶다.

기도하고 회개하며
허한 마음 비우고
하나님 말씀대로 날 깨우도록 힘쓰며
오직 하나님 뜻대로 살련다.

무엇이나 환하고 기쁜 길을 열고
선함과 착함과 깨끗함 되게
선한 길 가련다.
천만번 예수님이 그립다.

앞날을 품고

하나님 말씀과 뜻을 배운
값진 삶을 누리련다.
행복한 길 가기에 유익한 지혜는
말씀과 뜻대로 사는 일이다.

마음 통통 틔워
깃발을 들고 하늘땅에 가도록
지혜의 길을 열어야겠다.

삶의 절벽을 버리거나
바른 길이 열린다고 기쁨 두거나
사랑을 열듯
진실한 인생의 길을 가고 싶다.

추함, 악함, 더러움은 버리고
맑고 깨끗하고 선함으로
즐겁고 행복한 곳
확실히 열린 하나님 앞에 서련다.

귀한 그대에게

하나님과 사는 길은
하나님이 지키시고 인도하시며
함께하시고 도우신다.
그 일을 알고 바르게 살자.

관심과 배려와 아낌으로
누구에게나
사랑과 정을 주는
하나님 뜻대로 찬란하고 빛나길 빈다.

가는 길이 트여 힘 돋는 이에겐
맘도 길도 열려
기쁨을 돋울지니 참 기쁘다.

하루하루 최후의 날인 양
값지고 행복하게
늘 편안한 마음으로 살며
하나님이 함께하심도 깨닫고 살자.

열린 맘으로

세상의 터에
오직 사랑으로 인도하시는 주님
아무리 힘들어도
날 품고 안아 주는 사랑을 감사합니다.

시험 당할 즈음엔 피할 길을 여는
사랑을 생각하며
영혼이 맑은 삶 살도록
인도함 따라 기쁨을 열게 하소서.

언제나 살살이 품는 하나님이여
연단으로 반짝임이 트일 때
세상을 이기고
편히 기쁨의 길 가게 하소서.

열린 눈과 맘으로
모든 일을 뛰어넘어 하늘길 가며
고난과 아픔이 와도
모두를 초월한 편안함을 누리게 하소서.

하늘길 가는 날

인생의 외짐은 허한 아픔이라
어디가 밝은 길이냐고
어떻게 사느냐고
뜻과 방향을 살피고 싶다.

잘못된 상황은 벗고
자연의 싱그러움을 품어
자유로운 기쁨 속에
선하고 깨끗한 길을 찾으련다.

진실한 이만 느낄 수 있다고
깊이 깨닫고 알게 하심에
닫힌 맘을 열고
하늘에 둔 천국인 되면 좋겠다.

세상일을 이기며 살
열린 마음속엔
곱게 하나님 향한
밝고 환한 기쁨과 평안이 있다.

온전한 믿음의 길 가며

진정 하나님만 섬기며
겸손한 맘으로
근심 걱정도 버리고
깨끗하고 맑고 선한 길 가고 싶다.

편견과 공허함 없이
하나님이 나를 보실 때에
친하고 가까워
깨우치고 길 열어 귀한 삶 되면 싶다.

추함에 빠지거나
욕심 누림도 없이
오직 하나님을 섬기며 살고 싶다.

세상의 생은 언젠가 끝난다.
출산된 길 오듯 세상을 떠난다.
늘 깨어 밝게 살며
하나님 사랑 속에 기쁨만 누리련다.

새로운 마음으로

곱고 바른 삶을 살자!
남에게 피해나 고통 주는 일 없게
모든 욕심 다 버리고
조용히 밝게 살련다.

형제자매 가족 이웃에게
관심과 선함과 사랑 두고 살 뿐
모든 일을 벗고
오직 하나님만 의지하고 살련다.

언젠가는 떠날 세상
모든 것들을 다 초월하여
현재의 삶에
하나님만 믿고 편안케 살련다.

선하고 깨끗하게
하나님 말씀과 뜻대로 행함 두고
아무런 근심 걱정 없이
참되고 바른 길 가도록 힘쓰련다.

집착된 마음으로

삶 속에 환한 빛이 트인
값지고 고운 길에
열매 맺히도록 섬세함을 두고 싶다.

영혼이 밝고 깨끗한 울림 되고
맑고 밝게 깨여
쉽게 새로운 길을 여는
최선을 다한 생은 값진 삶이다.

추함 없는 맘으로
서로를 인정하는 마음을 두고
순결함에 젖어
하나님을 의지함이 쉬워지면 싶다.

하나님 뜻이 환해지도록
신실함에 빛날
하나님 말씀을 품고
언제나 깨어 참된 길 가고 싶다.

하늘에 희망을 두고

함축적인 생각을 품고
지혜의 능력을
밝고 성실히 펴
확 열린 기쁨을 누리면 싶다.

기쁠 때나 슬플 때나
천국을 품어
삶에 맑은 감동을 두고
선명함과 가벼움으로 살고 싶다.

선한 일상을 찾아
깨끗함과 친함을 베풀고
익히는 기쁨을
항상 누릴 수 있다면 참 좋겠다.

모든 행복은 내가 연다.
욕심 없는 넉넉함과 풍요로움으로
진실을 향해
깨끗한 마음과 정성을 행하련다.

큰 소망의 길로

소망을 연다

바르고 행복한 집안엔 감탄이 있다.
그 길 가려고
가슴 설레는 기쁨
오직 하나님 나라를 꿈꾼다.

때론 색다른 길을 열어 봐도
쉽게 빛이 될 순 없다
그래도 성실히
품을 일엔 하늘길을 바란다.

하나님을 깊이 바라며
귀한 섬세함으로
편안하고 행복함이 돋도록
내 영혼이 늘 깨어 있으면 좋겠다.

넉넉히 이기도록 편히 웃고
하나님 보시기에 아름답게
인간을 감싸며
오직 정직함을 위하여 힘쓰고 싶다.

가슴에 하늘을 품고

풍성한 생각과 깨달음으로
귀하게 열린
천국 문에 가련다.

하늘에 날아오를
맑고 깨끗한 삶이 요동치도록
쨍 울릴 큰 기쁨 두고
언제나 신선한 길을 가고 싶다.

하늘 갈 집념이 고운
소박한 맘과 재능을 닮아
바르게 살며
하나님 뜻대로 살려 힘쓰련다.

깊은 큰 생각을 두고
맑고 선한 삶에
활짝 열린 확고한 맘을 두고 싶다.

활짝 열린 맘으로

하나님을 사랑하고 섬기며
선하게 날 높여
가족이나 이웃에게나
정중히 깨끗한 정신을 열고 싶다.

세상의 허함을 다 벗어나
진실한 믿음과
찡한 울림 안에서
맑은 소망도 기쁘게 전하고 싶다.

주님 주신 재능과 은사에
바르고 귀한 삶 살려 힘쓰고
하나님 알림으로
삶은 더욱 깊고 맑아지면 싶다.

경우가 없어 어려운 곳에도
활짝 열린
하늘을 향한 집념을 두고
늘 존귀하신 하나님을 섬겨야겠다.

하늘나라를 품고

빙빙 열린 삶 속
겉도는 허함에 빠진 이들은 외롭다.
허함을 깨쳐 버리고
슬픔 없는 밝은 길 감이 중요하다.

하나님의 크고 바른 길을 깨달아
거짓과 추함 없이 살도록
언제나 새롭게
알 것들을 깊이 알아야 한다.

영원무궁토록 복 주시는 하나님의
구원의 길 가며
믿음 속에 복된 빛 품어
빛나고 높은 천국 가게 하소서!

거룩하신 하나님
하나님 뜻과 말씀을 깨달아
죄와 허물을 회개함에
용서하사 맑고 선한 삶 되게 하소서.

꿈을 머금고

청정한 삶과 사랑엔
하나님이 알고 기쁨을 돋우신다.
하나님을 의지함으로
다붓함이 흐르는 평화가 넉넉해진다.

믿음 속에 둔 감성을 열고
깨금발 딛듯
마음, 뜻, 힘을 다해 밝고 선한 길 가면
묻혔던 기억도 기쁨이 오리라.

하나님이 함께하시길 빌며
늘 기도하고 힘쓰련다.
선하고 신실토록
맑은 길이 늘 내 가슴을 열리라.

천국에 가도록
하나님 말씀과 뜻대로 살아
언제나 참된 삶 되게
맑은 소망과 평안이 꽃피면 싶다.

달콤한 성찰

믿음의 터전에 저를 품고
늘 깨우고 일으켜
바른 길 가도록
정하고 택하심에 감사를 드립니다.

하나님 아버지!
회개에 죄 씻은 관심 속에
예비 된 삶 살며
명령에 순종하며 가렵니다.

구원의 길을 따라
하나님 뜻대로
귀를 기울이고 가슴 열어
삶을 모두 기쁨으로 두렵니다.

삶에 필연의 변화를 두고
소박함이 반짝이도록
성경을 통해 말씀하신 진리를
나를 깨워, 행함으로 밝게 하소서.

바른 길을 열도록

깨어나라.
자신만 잘난 줄 알고 권세 여는
그 길은 잘못된 길이다.
누구나 겸손하고 순수해야 한다.

단순한 생각에만 빠져
남을 비방하고 뭉개려 함 없이
역지사지의 마음으로
깨끗하고 맑은 길 가면 싶다.

사람은 누구나
생각도 다르고 성격도 다르다.
생각과 재능에 따라
장점이 있고 단점도 있다.

이 모든 것을 알아
남을 탓하는 정신을 버리고
서로 이해하고 품으며
깨끗하고 맑고 선한 길을 가야 한다.

강한 개념을 두고

하나님이 원하는 길은
얼마나 맑고 깨끗하고 선한지
큰마음을 두고
늘 사랑의 길 가고 싶다.

허망한 인간 되지 않도록
말없이 살되
성실히 하늘나랄 원하며 살련다.

온화함과 깨끗함에 개념을 두고
발랄한 성찰에 젖어드는
성실한 길 가며
믿음과 지혜가 곱게 살고 싶다.

삶의 길마다
넉넉하고 편안한 마음을 두고
하나님만 바라며
마냥 미소 짓는 천국길 가고 싶다.

소망의 길 가며

편한 길 망치는
욕심, 근심 걱정을 버리고
삶도 초월하듯
모든 일에 편하고 밝게 살고 싶다.

언젠가는 세상을 떠나서
본향으로 돌아갈 인생
늘 깨어 있어
하나님만 그리며 살고 싶다.

답답함 없이
마음을 편히 넓게 열고
오직 하늘땅을 바라며
나를 품으신 하나님 뜻대로 살고 싶다.

생을 초월하여
아무런 근심 걱정 없이
하늘만 소망하며 편안히 살련다.

값지게 살자

찬란한 인생길 가도록
언젠가는 끝이 있음을 알자!
황홀한 삶도
결국 물거품이요 시든 풀잎이다.

허물 사함을 위해
봉사 희생하며 오직
신실한 마음으로 웃으며 살자!

삶을 맑음으로 꽃피우는 지성!
안에 돋는 진실함은
바른 인생길에
눈부시게 꽃이 피면 좋겠다.

하나님 향한 소망은
언젠가 꼭 트일 빛나는 보물이요
바라고 희망하는
내 삶에 둔 큰 그리움이다.

하나님 안에서

험한 것은 말없이 지우고
피할 수 없는
고통과 힘겨움도 이기며
허상과 욕심도 버리면 싶다.

오직 하나님 믿음에 살며
잘못된 세상은
잊자, 잊어버리자
근심 걱정을 버릴수록 평안이 꽃핀다.

선하게 살아
편안한 행복을 누리며
깨끗하고 값지게 살려 힘쓰고
오직 하나님만 섬기며 편안히 살자.

인생의 삶은
정해진 길이요 언젠가 끝날 길이다.
늘 천국 길 바라며
하나님이 말씀과 뜻대로 살려 힘쓰련다.

복되게 살자

하나님 나라를 알지 못한
사람들이 겪는
값없는 일에도 또렷이 민감해져 간다.
느끼지 못함은 가슴 아프다.

왜 개인 생각에만 치닫는 걸까.
허상을 모두 끊고
오직 소원하는 맘으로
깨끗하고 맑고 신실한 길 가면 싶다.

자연스레 품고 길들여
넓고 큰 생각에
고요와 평안을 누리며
하나님은 무엇이나 아심을 알면 싶다.

복되게 살자!
맑고 깨끗하고 선하게 살며
늘 날 깨우고 도우신
하늘 아버지만 바라고 성실히 살자!

믿음 행하는 만큼

맘먹기에 따라
사람의 길은 열렸다 닫쳤다
구름이 끼거나 걷히기도 한다.

고통과 고난 역경은
언젠가는 지나가는 것
시간이 흐르면
다시 활짝 핀 기쁨이 넘치리라.

자신의 생은 자신이 만든다.
하늘을 보며
믿고 행하는 만큼
모든 생은 하나님이 여신다.

잘되리라 믿고
꿈은 크게 행하도록
선하고 진실한 믿음으로 살면
늘 평안과 행복이 나를 열리라.

• 지혜로운 길 가도록 •

최상의 앞선 길 가거나

크고 귀한 인물 되도록

지혜의 길 감은 중요하다.

그냥 되는 일은 없다.

배우고 느끼고 깨달아 지혜가 풍성하도록

공부하고 참된 글 읽고 배우며,

사람들을 통해 깨닫고 알아야 한다.

큰길가는 지혜를 두면 싶다.

겸손하고 신실하고 깊은 정성을 둔 길 가면 싶다.

큰 지혜자가 되면 좋겠다.

3

인생살이

귀한 꿈 두고

전능 인이 되련다.
진실 없는 곳에선 집착을 버리고
허상을 벗고 자연으로만 웃는
편한 길을 가련다.

친구나 연인같이
안에 둔 곱고 기쁜 마음으로
관심을 돋우며
맑고 선한 터전엔 배려를 두련다.

깨끗한 바다같이
신실한 인생길엔 행복이 있다.

별에 띄운 편지를 두고
강하게 가슴에 품고
한적한 시골에 들어가
해바라기 몸짓으로 밝게 살고 싶다.

큰 소망의 길로

넓고 큰 사랑

남의 잘못 실수도 다 이해하고
추하고 악함도 감싸고
배려하고 도우며
밝고 선한 길 가야 한다.

떼거리로 몰려
남 비방하고 비판하며
싸움만 두려 해선 안 된다.

진정 잘못된 일 있다면
그것을 느끼고 깨달을 수 있도록
선하게 요청하되
싸움 다툼에선 벗어나야 한다.

통함이 가능한
현명하고 지혜로움이 없다면
비방이나 다툼 없이
그냥 말없이 삶이 중요하다.

그냥 편했던 너는

시원한 기운이듯
인생을 맑게 연 주인인 듯
그댄 얼마나 곱게 왔던가.
거침없이 막힘도 없이 왔던가.

지혜가 높아 좋던 이
마음을 열고
친한 벗인 듯 곱게 와 좋았다.

머리가 좋아 찬란하고 지혜로우며
맑고 깨끗한 정신으로
튄 생각을 열고
늘 큰 기쁨을 열어 정말 고왔다.

배려와 진실이 있어
마음에든 지혜가 맑고 깨끗해
함께한 기쁨에 빠진
참으로 귀하고 멋진 이였다.

내 인생에 대하여

생존을 위한 맘이 넘친다.
여유 없는 급급함은 버리고
삶을 꽃피워
가엾고 아픈 길은 벗어나야겠다.

깨끗지 못한 길은 버리고
정성을 다하여
진실한 곳에 불꽃 틔우고 싶다.
맑게 웃고 싶다.

진실한 마음 비춰 통하는 이와
톡톡 틔는
언어가 행복으로 돋게 하자!
행복은 자신이 만든다.

많은 인생의 실체가
어떻게 열리느냐에 따라
자신을 알림과 같다.
배우고 깨달아 크고 바른 길 가야 한다.

잊지 못할 근원

전율이 맑게 날 깨우고
강권인 듯
한 외침이 안에 젖어들었다.
"사람은 각기 생이 다르다."

시작과 끝-
생은 정해진 기간이다.
오늘 지금 현재는 생의 뜰이다.
언제나 내 생은 내가 만든다.

결코 잊지 않고
꽃이 피고, 별이 뜨듯
몸부림이 될 인생에 열정을 둠으로
최선의 기쁨을 돋우련다.

잊지 못하리라.
그 삶의 근원을 볼수록
함께하는 기쁨
늘 깨어나는 여울을 잊을 수가 없다.

느끼고 깨달아

느끼고 깨달아 새로워지는
동트는 길 가며
정직하고 성실한 삶을 살고 싶다.

내 삶과 인생은 내 것이다.
어리고 젊을수록
열정을 두고
허하지 않은 튄 정신을 두면 싶다.

바르고 큰 인물*들을 생각하며
열성을 다하여
스스로 배우고 공부*하는 만큼
위대하고 특별하게 자랄 수 있다.

하나님을 섬기며
오늘 하루, 지금 이 시간에
성실히, 열심히 바른 길을 가면 좋겠다.

* 큰 인물: 예수님, 링컨, 세종대왕, 김대중 대통령.
* 공부: 책을 읽고 학교에서 배우고, 사람에게서도 배움.

관심이 있거든

뽀짝* 댕겨*오라
핸비짝*에 있지 말고 가지게* 오라
얼렁* 손잡고 땡겨*보자.

기똥차게 놀라
냉갈맹기*로 너 지금 떨고 있냐
파딱이는 가심이야 까깝하지* 않겠냐.

검은 씨앗이 알알이 떨어져도
때꾹때꾹* 얼른 주워 담으면 되제.
껄끄럽게 깽판치지 않으면
겁낼 것 없다야.

허함을 꼬불치지 않으면
관심도 배려도 다 도망가기 마련이야.
뽀짝 다가오라
내빼지 말고 휘적휘적 마음 열며 살자.

* 가까이 / 당기어. * 한쪽 / 가까이 * 빨리 / 당겨 * 연기 * 편치 않음 * 또박또박
* 어린 날의 고향 용어임.

맑은 빛 돋우기 위하여

진리를 크게 열어
허상을 초월한
삶에 피는 밝은 길을 가련다.

크고 높고 깊고 총명함 두고
소란에 허덕임 없이
겸손과 선함을 두고 싶다.

언젠가는 떠날 세상
잔인한 고통을 버린 의지로
더 밝고 환한 문을 열고 싶다.

배움의 열정으로 불을 켜고
진리를 둔 맘으로
더욱 고귀한 개념을 열어
깨달음에 편안함과 기쁨을 두고 싶다.

삶의 이야기

기쁨 열린 정이
아름답게 트여
곱고 맑은 사랑을 전하면 싶다.

거기서 난
햇살로 빛나는 별을 보리라.

그 누구에게나
전하는 기쁨이 맑고 깨끗할 수 있다면
섬세하고 편할 수 있다면
얼마나 즐겁고 아름다울까!

오직 겸손함을 두고
실없는 근심 걱정을 다 버린
영혼의 날개를 펴
넓게 유유자적하듯 편안히 살고 싶다.

눈뜸에 빠져

그댈 사랑함으로
순수함으로 날 채워
진정 진실한 맘에 스며들고 싶다.

선함과 밝음을 품어
생각을 바꿔 개념이 변함으로
떨림과 설렘을 열고
긍정적인 밝음의 길 감은 기쁜 일이다.

번잡함을 벗어나
이해와 배려 두고 용납하는 길 가며
결국 천국에 이르면 싶다.

일상으로 아픈
몸부림된 힘겨움조차도 깨워
최선의 깨끗함 둔 맑은 길 가련다.

행복을 찾아서

서로 통하는 마음엔
주는 사랑을 풍성히 누리고
길 튼 기쁨으로
애정을 북돋워 행복한 삶이 열린다.

행복한 사연들은 언제나
서로 감싸고 도움으로
품고 찾는 만큼 기쁨이 동튼다.

늘 주어진 일에 최선을 다하며
보람되게 열정을 쏟아
마냥 성실할 때
사랑과 행복은 오묘한 빛을 발한다.

깨끗함과 맑음을 두고
지혜와 믿음과 선함을 껴안고 싶다.
높고 환한 길을 열련다.

큰 삶길 가도록

내 삶은 내가 개척함을 알고
누구나 일찍이 알아
내 인생을 바르게 만들도록
크게 깨닫고 힘써야 한다.

넓고 크고
깊은 계획을 둔 길을 열어 가며
기쁨이 충만토록 살자!

인생은 누구나
자기의 지혜로 자신이 만드는 것
깨달음이 열릴 때일수록
훗날은 큰 빛을 발한 기쁨이 크다.

난 무엇이 될 것인가
꼭 큰 지식과 지혜를 높여
큰 꿈을 둔 힘씀으로
강한 행함 속에 별을 돋워야 한다.

귀한 만남

크고 복된 인연이란
생각이 통해 서로를 돕고
관심 두고 감동을 줄 때라야
특별한 길을 연다.

섬세하고 넉넉한 생각을 둘 땐
잘못과 실수도 감싸고
이해하고 도우며
기쁜 마음과 지혜를 열려 한다.

멋진 만남엔 발전이 있다.
느끼고 깨닫는
즐겁고 행복한 평안이 있다.

자기 정신과 지혜뿐 아니라
가족이나 친한 벗들의
바르고 귀하고 큰
지혜와 생각과 정신은 행복을 연다.

날 돌아보며

깊이 날 살펴
내일을 깨닫는 현명함으로
맑고 큰 생각을 두련다.

고난과 슬픔에 빠져 있을지라도
힘든 어려움을 이기고
귀한 정신을 돋워
기쁘고 즐겁고 행복한 길 가고 싶다.

전능자의 지혜와 따뜻함으로
금빛 생각을 열고
날 살피고 분석하여
진실을 지켰는지 돌아봐야겠다.

어찌 노력 없이 깨끗함을 이루랴.
날 살핌이 확고할 때야
타인의 의식보다
세세히 날 감찰하는 하나님을 만나리라.

멀리 있어도

멀리 있어도
그대는 선하고 맑고 깨끗하여
허릿매 날름대는
성실한 자리엔 표기와 같다.

어떤 일이나 깨끗하고 기쁨이 많아
삶과 인생에도
잘못 얽매임은 보이지 않고
짙은 생의 갈망을 곱게 깨우고 있다.

헛되이 날뛰는 쾌락을 버리고
편하고 즐겁게 행함은
아무런 아픔 실수도 없기 때문이다.

맑음과 진실함에 깊이 빠져
순수하게 이룬 삶은
위대한 모습으로 문을 연다.
누구나 환한 맘 돋도록 곱게 살면 싶다.

큰 인생길

나의 인생은 내가 만든다.
깊이 생각해 보라!
일찍 알고 느끼고 깨달을수록
그 길은 트여 값지고 큰길을 가게 한다.

지식과 지혜를 높이기 위해
독서함에 열성을 두고
사람들의 배울 것도 배워 품고
깨달을 것은 깨달아야 한다.

명철한 삶은 값진 길이다.
언젠가는 끝날 생
오늘 현재의 시간을 멋있게 살자.

오늘의 일들이
편안하고 행복하며 즐거움 되도록
뜻하고 원하는 길 가련다.
옳고 참된 길 가련다.

느낌을 품는 사람들

순수하고 깨끗한 정신을 지녀
새롭고 밝은 길 가며
느낌과 지혜를 돋우면 싶다.

주옥같은 글들로
다시 귀하고 따뜻한 힘이 돌도록
큰길이 열리면 좋겠다.

글을 쓰고 탈고한 후에
낭송인 작아 공허함은 너무 아프다.
느끼고 깨닫는 이 많아
다시 밝고 환한 길이 트이면 싶다.

아프고 힘들었던 만큼
새 느낌을 받는
그 상황이 크게 열리면 좋겠다.

복된 삶을 위하여

기쁨 넘치는 삶이로되
교만하거나 독선적이지 않고
고운 느낌 갖도록
선한 일상을 열면 싶다.

쉬 손 내밀어 자신을 노출치 않는
그 깊은 곳에서
곱고 깨끗한 풍성함을 두고
영적 지혜를 높이면 싶다.

일상을 초월한 넉넉한 마음으로
추한 욕심 없이
마냥 열린 깨달음으로 오는
평안의 불을 켜고 싶다.

세상일을 욕심내지 않고
예수님과 친한
귀한 맘과 순결함을 누리고 싶다.

세상을 보며

자신만 아는 사람들은
자기주장뿐
남을 고려한 진심이나 배려도 없이
악한 언행을 열기도 한다.

세상을 돌이켜 보면
진실하고 선하고 참된 이들도 있지만
요즈음 별난 이들은
악한 삶에도 자기만 옳다 한다.

왜 싸움과 다툼 많으며
돈에만 빠지고
남을 괴롭히고 욕하며
팀끼리 모임엔 팀만 옳다- 하는가.

좁고 허한 인간들
지혜도 없이
얼굴만 열려는 별난 사람들
이웃을 감싸며 새롭게 변화되면 싶다.

새 의지를 두고

맑고 깨끗한 이를 안에 둘수록
미쁘고 순결한 영혼에
넓고 고운 맘 있어
환한 일상이 꽃피면 싶다.

늘 새롭고 맑은 정을 두고
느낄수록 행복한
선하고 값진 맘으로
기쁨이 넘치는 바른 길 가고 싶다.

지금 진솔한 사랑이 나를 깨운다.
진실한 정에 감동을 둔
느낌 큰 삶과
바른 믿음을 두고 살련다.

늘 깨어 그 길 가고 싶다.
곱고 값진 삶이 되게
편안토록 힘씀으로
기쁘고 행복한 삶 되면 좋겠다.

귀한 풍경

소박한 정신을 행함은
값지고 아름다워
환한 금빛으로 반짝인다.

누구에게나 추함을 주지 않는
선한 이의
확고한 정신과 행함은
진실이 가득한 귀인인 듯싶다.

진실하며 지혜롭고 맑고 깨끗한
귀한 인생을 그리며
새롭게 맘을 열어
선하고 진실한 변화의 길을 가련다.

생사화복은 내 뜻대로만이 아니다.
노력하며 최선을 다하면 그뿐!
하나님 섬김으로
흔들림 없이 하늘길에 오르고 싶다.

그대에게 주는 말

귀하고 아름다운 맘으로
성실한 언행이 와
맘 문을 열어
바로 기쁨이 열려 하하 웃었다.

값진 삶 속에는
선하고 맑고 귀한 일들이 있듯이
기쁨과 즐거움이 돋음도
가슴이 통통 튀어 노래하게 한다.

얽매임 없이
넉넉하고 편안함으로 품는
삶이나 길은 꽃이 피어 간다.

늘 크고 밝게 살자!
언젠가 삶이 끝날지라도
어려움 없도록
오늘 현재의 삶을 값지게 살자.

얼른 날 깨워서

옴매 부끄럽소
그대의 정과 관심을 몰라보다니
부족한 생각 풀어
회개 감사 기쁨을 엽니다.

아시제라
사람의 생각은 다 같지 않으니
다만 이해하고
봉사와 희생의 길만 가고 싶네요.

초심으로 길 가듯
바르고 성실한 길 가며
사랑과 정성을 둔 즐거움으로
하나님이 기뻐할 바른 길을 가려오.

둔함 추함 악함 버리려 힘쓰고
남의 잘못도 감싸며
오직 순수함으로
자연의 길 가듯 말없이 살려오.

오늘을 복되게 살자

가슴에 돋는 환한 기쁨 위해
평안과 행복
선함과 깨끗함을 두고
오늘 이 시간을 복되게 살고 싶다.

알 수가 없는 인생
값없이 살기보다
행복하고 복된 곳에서
즐거움과 기쁨을 누리고 싶다.

바르게 산다는 것은
지금 어떻게 사느냐에 달려 있다.
편안한 인생
스스로 느낄 바른 길 가야겠다.

착하고 고운 길을 가되
정신을 틔워
하나님 계명을 행함으로
늘 선하고 바른 삶을 누려야겠다.

나를 연다

맑고 선한 집안엔 감탄이 많다.
가슴 설렐 기쁨 두고
맑은 하늘만 꿈꾼다.

삶에 색다른 생각을 열어도
쉽게 될 순 없다.
근심 걱정 없이
욕심 없는 편안한 길만 가련다.

가족을 깊이 사랑하며
감쌈과 이해력을 두고
늘 편안과 행복함만 열리도록
품고 인내함으로 편히 살고 싶다.

크게 보고 웃고
서로를 감싸 안으며
오직 행복을 위하여 힘 돋우고 싶다.

새로움을 위하여

감동이 스며들도록
선하고 맑게
긍정의 고개를 끄덕이련다.

생사화복과 희로애락이
오늘도 열릴 일이니
사소한 일에 얽매이진 말자.

아무리 힘들고 어려워도
생각을 긍정으로 둘 때에는
아닌 듯해도
또 한 번 나를 바르게 연다.

행복한 사람은 말없이
잊을 건 잊고 버릴 건 버리고
훌훌 털 것은 털어
주관이 맑고 또렷한 선한 길을 간다.

깬 사람이여 생각하라

자기 개념은 누구나
깨끗하고 진실하도록 힘써야 한다.
미움 다툼 허함은 꺾고
감싸고 이해하고 섬김으로 가야 한다.

크고 넓은 길에
바르고 순조로운 마음 두고
환하고 밝은 길 가야 한다.

헐벗고 악하게 살기보다
버림당치 않도록
선하고 진실한 길 가면 싶다.

악함과 추함 없이
세상을 초월한 밝은 정신으로 살며
순수하고 맑고 깨끗하게
선함을 열어 편안히 가면 좋겠다.

일에 열정을 쏟고

엉뚱한 생각보다
진실하고 넉넉한 생각을 두고
허상을 초월한 맑은 생각을 열자!

고운 생각 두기에 힘쓰련다.
믿음의 길 가며
지혜롭고 깨끗하고 선한
큰마음을 두려 힘쓰련다.

큰 진리를 깨달아
지혜롭고 깨끗하고 선한 이와
더욱 싱그러운 창조의 길 가리라.

오직 하나님만 바라고 의지하며
아무것도 욕심 두지 않고
편안하고 선함에
근심 걱정 없이 밝게 살면 좋겠다.

내 삶은 내가 만든다

열린 인간관계란
관심을 주는 만큼 가까워지고
관심 버린 만큼 허하고 고달파진다.

최상의 앞선 인물이 되게
하루하루를 신실하고 밝고 깨끗하게
최선의 날인 양
즐겁고 행복하고 값지게 살자.

배움 없이 살면 남 이상 될 순 없다.
넓고 크고 넉넉한
순수하고 편안한 개념을 편히 열어 두고서
값진 마음으로 살자.

날 만드는 건 나 자신이다
늘 깨어 있어 바른 길을 가고 싶다.
선하고 깨끗하게 살면
그곳엔 하나님이 품는 귀한 터전이 있다.

성실한 삶으로

누가 뭐라 해도
말없이 살아감에 성실함이 뜨겁다.
매력을 뿜어 낸
귀한 삶엔 뭉클한 감동만 짙다.

높낮이와 관계없이
어느 곳에나
최선을 다한 노력으로
한 폭의 성실함이면 좋겠다.

내 생은 내가 만드는 것
마음과 정성을 다하여
힘쓰고 노력하는
귀한 삶은 나의 보물일 뿐이다.

누가 뭐래도
바른 삶을 사는 자연적 정서가
늘 하늘에 꽃피고
행함은 언제나 성실한 삶이면 싶다.

아름다운 꽃

깨끗하고 맑은 인생길 가면
밝고 아름다워
눈부신 순백의 정이 열리고
환히 돋는 기쁨이 충만해진다.

어떤 유혹에도 빠짐없이
추함도 버리고
귀하고 고운 생각을 발하는
지혜로운 지조의 삶은 아름답다.

추악하고 거짓된 삶보다
값진 깨달음이 빛날
성실하고 깨끗한 삶은 참 아름답다.

허한 삶이 없도록
꺾어 변화된 성결함이 열리면 싶다.
선명함을 발하고
신실함을 돋은 삶을 두고 싶다.

지혜를 크게 두고

바른 생각들은
진실함을 뜨겁게 하는
곱고 값진 지혜가 열린다.

크게 생각해 보라
행복은 서로를 품어
즐겁게 값진 지혜를 누르며
자신을 낮게 두고 타인을 높인다.

편안하고 즐거운 삶 되도록
깊이 깨닫고
언제나 공부하고 베우고 날 깨워
성경 말씀도 깊이 두고 싶다.

말씀의 지혜를 담아
죄악을 강하게 이겨야 한다.
편케 허풍을 버려
웃고 기뻐하며 오늘을 밝게 살련다.

눈과 귀를 열어서

어떻게 해야 함을 알면서도
관용과 포옹 없이
행치 못해 울컥대며
말없이 우는 아픔일 때가 있다.

양심과 예절과 진심을 높여
잘못된 관점을 버리고
사랑하고 이해하며
모든 것을 초월한 온유함을 품고 싶다.

귀와 눈을 열고
듣고 깨달을 것만 찾아
큰마음과 생각을 높여 가면 싶다.

나를 깨우는 일은
독서하고 배우며 발전해 가는 일이요
지혜를 높이도록
책 읽고 공부하며 품는 길이다.

값진 사람의 길

자기 노력은 자기 것임을 알아
열성과 강함을 두고
기쁨을 둔 삶은 얼마나 환한지!
이 일 저 일 행함마다 광채가 나부낀다.

삶에 어떤 어려움이 있어도
힘겹게 두진 말자!
세상일은 밝게 행할수록 값지다.

성실히 높이는 지혜로
소망에 힘써 노력하고 성취하면서
진실하고 선하고 깨끗토록
새롭게 날 바꾸는 선한 길 가야겠다.

복된 길 감은
값진 삶이요 행복한 일이니
참되고 환한 길을 편히 가고 싶다.

귀한 삶 그리며

맑고 깊은 개념 안에서
한껏 피어나
지워지지 않는 꽃피우도록
복된 길을 열고 싶다.

늘 편안하고 순조롭게 살며
오직 하나님만 의지해
맘 열린 넉넉함으로
조용히 길 가는 성인이고 싶다.

근심 걱정을 버리고
세상을 초월해
오직 하나님이 좋아하도록
선하고 진실하고 곱게 살련다.

밝게 살고픈 인생
무엇을 염려하고 걱정하랴.
오가는 고뇌도 역경도 쉽게 버리련다.

큰 소망의 길로

오늘 지금 현재는

내 인생 중 가장 중요한 시간이다.

소중히 여기고 가장 뜻있고 보람되게,

아름답게, 기쁘고 즐겁게 살아가야겠다.

이를 위해 책을 읽고 공부하고,

지식을 넓혀 지혜롭게 살며

내 삶은 내가 만든다는 것을 느껴야겠다.

배우고 느끼고 깨달으라.

값지고 큰 삶을 살도록 개척의 길 가면 싶다.

밝고 환한 기쁨의 길 가면 좋겠다.

4

느낌과
깨달음을
위하여

새로운 심기

현실을 넘어 먼 곳
기억마저 덮이는 허한 일들이
나를 깨뜨려
때론 너무나 나를 춥게 한다.

새로운 변화가 필요하다
웃음으로 말할
진지하고 확고한 변화가 필요하다.

쓸쓸한 길의 아픔을 풀어 갈
집념에 이르러
쓰고 읽고 깨달아
더 넓게 열어 편히 살고 싶다.

세상을 초월한 생각 두고
하나님만 바라며
남다른 열성을 지닌
넉넉한 사랑 두고 편히 가고 싶다.

느낌과 깨달음을 위하여
– 국가를 위하여

나라에 권세 둔 이들이
행복하고 아름답고 밝은 국가 되도록
넓고 크고 진실함을 열어
모범된 길 가면 싶다.

무조건 당적 싸움만 둬선 안 된다.
싸움은 꺾고
지역적 여닫음도 버리고
오직 나라가 밝고 행복케 해야 한다.

쉽게 한 도시인들 죽임이나
자녀 출산을 통제해 줄게 함이나
편파적으로 끼리끼리 뭉침은
나라를 아프고 괴롭고 슬프게 한다.

잘못된 것은 이제는 변해야 한다.
서로 진리를 살펴 돕고
자신을 반성하고 개척하며
존경과 사랑과 평화의 길을 가야 한다.

참 별난 세상

참 별난 세상엔
순수함을 촌스러움이라 하고
진실을 고지식이라 하며
올곧음을 융통성이 없다 함도 있다.

겉멋은 황홀하단다.
제 잘난 사람들은
마음의 순결을 버렸는데도
그것이 옳다 한다.

거꾸로 가는 길은
바르게 보이는 것이 비정상이란다.
자기만 높여
튄 것이 아름답다 한다.

잘못된 생각은
자신을 살펴 개선하고
밝고 좋은 나라 되도록 힘써야 한다.

큰 소망의 길로

목표가 있는 삶

목표 둔 삶일 때는
오늘 이 시간
헛되이 보낼 순 없다.

깊이 배우고 전진하는
치열하게 바쁜
열정을 쏟아 곧게 돋운 삶을 살자.

언젠가 꽃의 영광이 있으리니
이룬 꿈은
슬픔 아닌 기쁨의 눈물로
구구절절 희망의 열기를 쏟 것들이다.

성공자의 삶은
고단할수록 끝은 아름답다.
어렵고 힘들수록 훗날을 바라보라.
거기엔 웃는 자신이 있다.

군 장교 시절엔

넓게 열린 길 가며
마음과 정성을 다함으로
전문적인 건축공사엔
서울 건설시공 회사도 감동을 표했다.

초기엔 장교임만 생각하고
건축과며 날마다 더 공부함을 알지 못해
결국 시공실수를 많이 당한 후
깨닫고 느껴 자기 회사에 오길 원했다.

군 건축공사 업무엔
지혜롭게 공부하며 열심히 일함에
표창장도 많아져
인정받고 기쁨도 많은 기간 되었다.

공개할 수 없는
별난 특별한 업무를 행하기도 하고
성실한 삶을 보인
그날들은 참 기쁘고 값진 길이었다.

* 기행사관 2기생. 소령 되었음.

큰 소망의 길로

젊은이들아, 우린

젊은이여, 크게 느낀 출발!
내 생은 내가
깨닫는 만큼 바꿈을 행해
싱그러움이 가득한 큰 꿈을 이루자.

울렁이는 가슴에
하루를 시작할 값진 정신을 열고
꿈을 향해 성실히 노력해
내일에 누릴 감격스런 일상을 두자.

젊은이여, 처음부터 잘못된 습관은
계속 힘들게 하리니
큰 생각과 높고 고귀한 꿈을 품고
열심히 살아 알찬 꿈을 이루자.

강한 도전정신 앞엔 불가능이 없다
안 되면 되게 하라.
인내하며 치열하게 사는 곳엔
밝은 영광과 광명이 있다.

안에 그대를 품는다

내 안에 그대를 둔다.
귀하고 맑고 고운
선하고 깨끗한 그댈 품는다.

기쁨과 평안, 위로의 길과
혹은 즐거움 둔
그대는 크게 내 안에 돈다.

서로 통하는 깊은 정신을 두고
맑고 고운 삶으로
영원한 벗이 될 수도 있고
아픔과 고통을 버린 인연일 수도 있다.

안에 널 품으련다.
늘 편안하고 행복한 길을 가며
서로 도움 되도록
우리 가볍게 즐거움과 기쁨을 열자.

바른 결심

내 삶을 위해
잘못된 원인을 분석하여
바른 길 가도록
옳고 강건한 기본을 공부하련다.

독서함도 없어 지식과 지혜를 잃은
허망한 삶이긴 싫다.
나를 세심히 살펴
땀과 열기로 돋울 노력이 있어야 한다.

선하고 맑고 깨끗하며
부끄럽지 않게 살아
큰 광명이요 환히 열린 꽃 되면 싶다.

인내하며 성실함으로
끊임없이 짙게 꽃을 피우는
겸손하고 귀한 삶 두도록
성실히 노력해야겠다.

큰 길을 위하여

옛날을 돌이켜 보라!
옳은 것과
추하고 악한 것
어둡고 거짓된 것도 다 볼 수 있다.

맑고 깨끗하고 행복하도록
바꿀 것은 바꾸고
깨울 것과 고칠 것을 알아
진정 귀하고 밝은 위인들 되면 싶다.

국가 관리인들은
세상도 돌아보아
큰 나라마다 좋은 점들을 배워
크고 깨끗한 길을 열면 싶다.

형식적이고 욕심뿐인 길보다
지혜롭고 성실하여
훗날 위대한 인물 되도록
확고히 바른 길을 개척하면 싶다.

무한한 기쁨

버릴 것은 다 버리고
귀하고 지혜로운
총명한 삶을 살고 싶다.

하하하 …
가족과 함께 웃으며
늘 선하고 깨끗한 사람과
"날마다 웃고 살자" 웃음을 돋운다.

웃을 때마다 오는 기쁨
정을 열수록
환하고 밝은 길이 열린다.

참 복되고 아름다운
하나님이 함께하심으로
늘 새롭게 큰 꿈을 발하련다.
지혜롭고 선함은 참 곱고 행복하다.

큰 느낌을 두고

편히 반짝이거나
혹은 고차원으로 오르도록
큰 자색에 눈 뜨는
강하고 굳센 정신을 두고 싶다.

섬세한 배려와 관심이 있어
맘 흥하게 하고
환한 기쁨이 돋게 힘쓰런다.

언젠가는 끝날 인생
선하고 맑고 깨끗한 관념을 지녀
성실함이 넉넉토록
늘 기쁨과 웃음을 두고 싶다.

남은 생을 아픔과 후회 없게
마냥 편토록
따뜻함으로 기쁘게 맘 열어
성실함으로 복된 길 가고 좋겠다.

외딴 섬

바다에 떠 있는
외딴 섬의 청결함 같이
나도 깨끗한 섬 되고 싶다.

채운 말로도 길들여 고요한
평화를 누리며
사랑 주신 하나님의
기쁨과 복을 돋우는 섬 되고 싶다.

추잡하고 힘겨운 생각은 버리고
곱게 날 깨워
그리움의 빛을 돋운 길도 열며
깨끗케 빛날 섬이고 싶다.

헛된 꿈도 바순
행복하고 편한 섬—
하늘만 바라는 참된 섬이고 싶다.

사랑함으로

사랑한다는 것은
편안하고 즐겁고 행복케 힘쓰는 것
모든 것을 다
이해하고 돕고 감싸야 한다.

잘못된 허한 것도 품고 살며
큰 생각과 맘으로
그댈 사랑함에
최선을 다한 기쁨을 주고 싶다.

미움 다툼 화냄은 추함임으로
믿음을 따라
신령함을 사모한 맘으로
그댈 사랑함은 기쁘고 진실하면 싶다.

넓은 마음으로

넓고 큰마음으로
편안한 길을 가면서
세상을 달관한 기쁨을 누리련다.

솔직하고 올바른
꾸밈없는 깨끗한 정신을 두고
하늘에 갈 날 그려
더 신실한 믿음을 두고 살련다.

웃고 싶은 넉넉함을 두지 못해
때론 아픔이 따르지만
깨끗이 곱게 살고
하늘의 길로 더 밝게 내닫고 싶다.

바른 생각을 둘수록
넓고 큰 평화의 길이 열리고
현실을 깨워
편안한 삶 속에 기쁨이 가득하리라.

행복한 삶에

감동 깊게 깨끗하고 순수한
고운 이와 함께 친함은
얼마나 행복하며
얼마나 편안하고 기쁜 일인가!

복된 삶에 마음을 연 채로
그댈 생각하면서
내면이 떨리고 달콤하여
밝은 생각 속 큰 깨달음이 열린다.

늘 맑고 밝고 선한 길 가련다.
정갈한 길
환히 반짝이며 내 맘을 씻는다.
앞길이 맑고 밝다.

귀한 이들은 언제나
서로를 이해하고 도우며
소중함을 깊이 느끼고 깨달아
겸손히 감사하며 산다.

귀한 삶 그리며

맑고 깊은 뜰 안에서
한껏 피어나
지워지지 않는 꽃 피우도록
복된 길을 열고 싶다.

늘 편안하고 순조롭게
오직 천국을 바라고
하나님만 의지하며
조용히 길 가는 성인이고 싶다.

세상을 초월해
오직 하나님이 좋아하도록
선하고 진실하고 곱게 살련다.

하나님 아버지만 그리며
깨끗하고 선함으로
하나님이 기뻐하고 사랑하도록
신실한 맘으로 살고 싶다.

서로 마음이 비취면

서로 정이 비취면 기쁨이 있다.
깨끗하고 진실한 생각에
행복을 품는
따뜻한 지혜인은 언제나 귀하다.

가슴 통하는 건 전율이다.
자연적인 흐름을 따라 나아가면
배려와 관심 속에
삶은 푸르고 밝기 마련이다.

"그대가 있음으로" 돋는
찡한 울림 하나
값진 감동으로 열고 싶다.
그대를 둠은 기쁘기 때문이다.

* 인터넷에 가장 많이 알려지고(자기 블로그에 적어 준 이들의 숫자를 헤아리기 힘든 만큼 숫자가 많음) 유명해진 내 사랑 시「그대가 있음으로」를 생각하며– 이 시를 씀.

인생살이

이 세상에서
배우고 느끼고 깨달아
자기 삶을 바꿔야 한다.

하나님만 섬기며
느끼고 깨닫고 의지하면
내겐 큰길을 여신다.

그 길 가도록 힘쓰고 싶다.
마음과 정성을 다하여
하나님 말씀과 뜻대로 살련다.

알고 깨닫고 믿고 행하는 생엔
크고 밝은 빛이 열린다.
기쁨 즐거움 행복이 넘치도록
선하고 밝은 길 가고 싶다.

| 닫으며 |

생의 끝에 이르러

생의 말년길 가고 있을 땐
날 위해선
편안한 개념과 일상을 두고
정직하고 진실한 정신만 지니련다.

생각을 넓게 열어
허함과 추함은 버리고
곱고 환한 삶을 틔우고 싶다.

봄날이 지고
여름의 뜨거운 열도 슬어진 후
황량함 돋는 곳에
햇빛 고운 새 발전을 두련다.

언젠가 끝날 생을
하루하루 소중히 새겨
찬란한 열정과 성실로 돋은
신실한 삶에 열기를 더해야겠다.